Un lunch
muy especial

Therese Shea

Traducción al español: María Cristina Brusca

Rosen Classroom Books & Materials™

New York

—¿Qué vamos a comer en el lunch?
—dijeron los niños—.
¡Preparemos una pizza!

Los niños comenzaron a preparar
una pizza.
Esta parte de la pizza es roja.
—Yo voy a amasarla —dijo Tom.

Esta parte de la pizza es amarilla.
—La voy a poner con una cuchara
—dijo Guille.

Esta parte de la pizza es violeta.
—Voy a ponerle mucho —dijo Ken.

Esta parte de la pizza es azul.
—Yo también voy a ponerle mucho
—dijo Tom.

—La pizza está lista para el horno.
—dijo Tom.
Mamá la puso en el horno.

Los niños se sentaron a la mesa.
Esperaron a que la pizza se horneara.

—¡Podemos oler la pizza!
—dijeron los niños—.
¡Tenemos mucha hambre!
—Aquí esta la pizza —dijo Mamá.

Mamá cortó la pizza.
—¡Se ve muy rica!
—dijeron los niños.
—Ya podemos comer —dijo Mamá.

Los niños comieron pizza.
La mamá también comió pizza.
—¡Mmm! ¡Está muy sabrosa!
—dijeron todos.

Ya no queda más pizza.
—¡Ustedes hicieron un lunch muy especial! —dijo Mamá.